Henry Holt and Company, LLC
Publishers since 1866
175 Fifth Avenue
New York, New York 10010
www.HenryHoltKids.com

Library of Congress Cataloging-in-Publication Data
Martin, Bill. [Brown Bear, Brown Bear, what do you see? Spanish]
Oso Pardo, Oso Pardo, qué ves ahí? / de Bill Martin Jr;
ilustraciones de Eric Carle; traducción de Teresa Mlawer.
Summary: In a question-and-answer game, a teacher and her
group see a variety of animals, each one a different color.
[1. Color—Fiction. 2. Animals—Fiction. 3. Spanish language
materials.] I. Carle, Eric, ill. II. Mlawer, Teresa. III. Title.
[PZ74.3.M335 1998] [E]—dc21 97-42445

ISBN-3: 978-0-8050-5967-0 / ISBN-10: 0-8050-5967-9
First Edition—1998
Printed in the United States of America on acid-free paper. ∞

20 19 18 17 16 15 14 13 12

Oso pardo, oso pardo, ¿qué ves ahí?

Por Bill Martin Jr

Ilustraciones de Eric Carle

Traducción de Teresa Mlawer

Henry Holt and Company · New York

Oso pardo,
oso pardo,
¿qué ves ahí?

Veo un pájaro rojo
que me mira a mí.

Pájaro rojo,
pájaro rojo,
¿qué ves ahí?

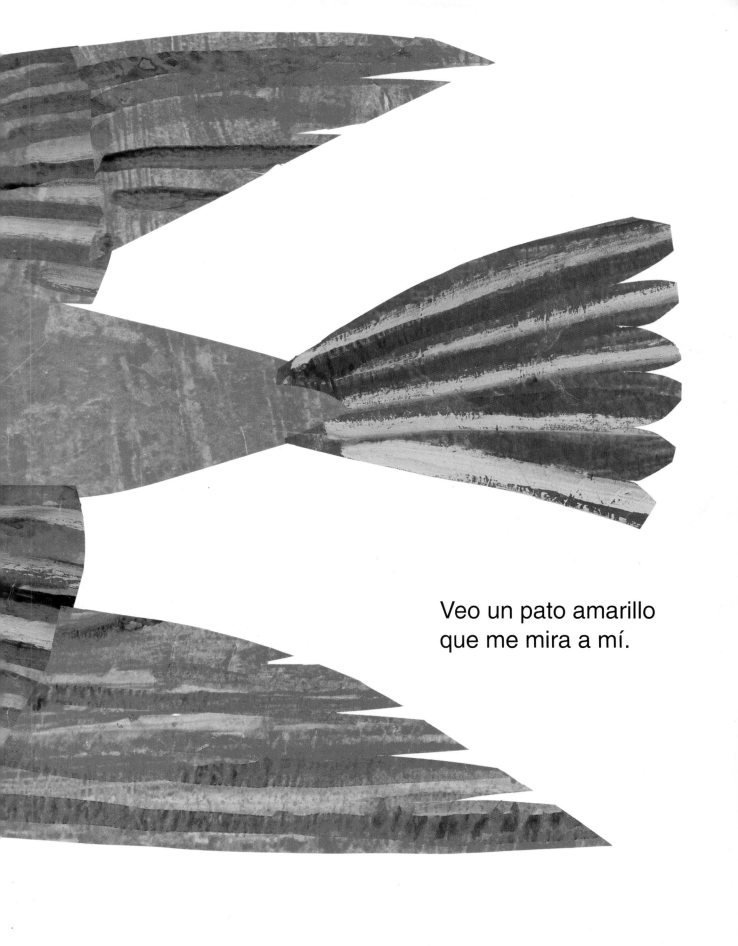

Veo un pato amarillo
que me mira a mí.

Pato amarillo,
pato amarillo,
¿qué ves ahí?

Veo un caballo azul
que me mira a mí.

Caballo azul,
caballo azul,
¿qué ves ahí?

Veo una rana verde
que me mira a mí.

Rana verde,
rana verde,
¿qué ves ahí?

Veo un gato morado
que me mira a mí.

Gato morado,
gato morado,
¿qué ves ahí?

Veo un perro blanco
que me mira a mí.

Perro blanco,
perro blanco,
¿qué ves ahí?

Veo una oveja negra
que me mira a mí.

Oveja negra,
oveja negra,
¿qué ves ahí?

Veo un pez dorado
que me mira a mí.

Pez dorado,
pez dorado,
¿qué ves ahí?

Veo a la maestra
que me mira a mí.

Maestra,
maestra,
¿qué ve ahí?

Veo a los niños
que me miran a mí.

Niños,
niños,
¿qué ven ahí?

Vemos un oso pardo,

un pájaro rojo,

una rana verde,

una oveja negra,

un pez dorado,

un pato amarillo,

un caballo azul,

un gato morado,

un perro blanco,

y a nuestra maestra
que muy contenta
nos ve sonreír.